文通天下

突 破 认 知 的 边 界

只记花香不记年

麦铃 —— 著

光明日报出版社

图书在版编目（CIP）数据

只记花香不记年 / 麦铃著 . -- 北京 : 光明日报出
版社 , 2024.4
ISBN 978-7-5194-7887-2

Ⅰ . ①只… Ⅱ . ①麦… Ⅲ . ①随笔—作品集—中国—
当代 Ⅳ . ① I267.1

中国国家版本馆 CIP 数据核字 (2024) 第 067625 号

只记花香不记年
ZHI JI HUA XIANG BU JI NIAN

著　者：麦　铃	
责任编辑：孙　展	责任校对：徐　蔚
特约编辑：胡　峰　孙美婷	责任印制：曹　净
封面设计：仙境设计	

出版发行：光明日报出版社
地　　址：北京市西城区永安路 106 号，100050
电　　话：010-63169890（咨询），010-63131930（邮购）
传　　真：010-63131930
网　　址：http://book.gmw.cn
E－mail：gmrbcbs@gmw.cn
法律顾问：北京市兰台律师事务所龚柳方律师
印　　刷：河北文扬印刷有限公司
装　　订：河北文扬印刷有限公司
本书如有破损、缺页、装订错误，请与本社联系调换，电话：010-63131930
开　　本：146mm×210mm	印　　张：8.25

字　　数：90 千字
版　　次：2024 年 4 月第 1 版
印　　次：2024 年 4 月第 1 次印刷
书　　号：ISBN 978-7-5194-7887-2
定　　价：49.80 元

平和的美，烟火的雅

王小波说："一个人只拥有此生此世是不够的，他还应该拥有诗意的世界。"

人人心里都会有一个自己的生活与感情的乌托邦。我也不例外。

我也很难做到，让自己的生活处在风花雪月的诗情画意中而不接地气。

好在有笔，有纸。可以把阅历和思考用笔落到一页页纸上，营造出自己的乌托邦。而这一过程，就有了让自己又活了一世的感觉。

分享是快乐的。我想用平和的心态，来分享自己的生活体会和阅读感想。

我很愿意我的"画语"也能成为更多朋友的生活与感情的乌托邦。

也就是说，如果你在阅读我的"画语"时，发现其中也正是你的过往、现在或者将来，你也有一种又活了一世的感觉，也能会心地嘴角上扬，眉眼弯弯，意犹未尽，我就满足了。

有位读者说：麦铃的"画语"，是由内心许多许多的爱与平和酝酿出来的，是沾着烟火气息的美与优雅。

感谢读者的鼓励！

平和的美，烟火的雅，就是我的"画语"想追求和想要表达的。

辑
一

人间烟火盛，
最抚世人心

辑二

见山海，见自己

辑三

因为爱，
而相遇

辑四

人生海海，
山山而川

人间烟火盛，
最抚世人心

一半烟火，一半诗意

诗情画意并非只在远方和梦中。

那些日常所见所闻琐碎杂事，

用笔记录下来，也是妙趣横生。

这个世界是多元的，

有人平平淡淡才是真，

有人生命不息，情爱不穷；

有人欣赏开朗活泼，

有人则认为忧郁是一种高贵。

其实没有对错，没有谁比谁活得更高明。

无论是甘于平淡还是勇于浓烈，

我们需要的，

就是不负人间烟火，尽享人生诗意。

一年烟火以谋生
一半诗意以谋爱
癸卯麦铃

我自学了一门手艺：理发。

如果你发现我家鲁九先生貌似有点儿不太聪明，

我可以负责任地告诉你，你的眼光没问题，

只是鲁九的脑子没有问题，

问题出在我的手艺上。

约翰·列侬
说
所有你
乐意挥霍
的时间
都不能
算作是
浪费

庚子春
麦铃

五月的钱江新城，
一个成年男子带着两个幼童，
在饶有兴致地观看两只小绒鸭洗澡。
我也饶有兴致地观看这一幕好久好久。
我特别想把这样的"碌碌无为"，
称之为岁月静好。

海南文昌石头公园海滩上，

三个老男人全神贯注地把他们的镜头对准一条石头缝。

难不成这里有他们的乌托邦？这令我忍俊不禁。

热爱自己热爱的，享受自己享受的。

给自己的生活留一个可以回归孩童般纯粹的角落。

人生時間有限
但空間無限
最重要的是在
有限中
尋求無限
爲自己活著
也爲別人
活著
汪曾祺語
壬寅麥鈴

在新疆伊犁的那片紫雾般的薰衣草花海里，

有位来自上海的腿有残疾的女士，长裙摇曳。

她爱人总是貌似自然而然地牵起她的手。

有一种拐杖叫爱人的臂膀。

为自己活着，也为别人活着。

一位独自带着患有孤独症女儿生活的年轻妈妈，

告诉我，她女儿特别喜欢吹肥皂泡泡。

告诉我，我的小画让她感到温暖。

我想告诉年轻妈妈，你也让我相信，

美好仍是拿来理解这个世界最好的方式。

无论这个世界如何沧桑 美好仍是

拿来理解这个世界 最好的方式

语出牟山文集 庚子暮春麦铃

尽量地学习
尽量地经历
尽量地吃
好东西
人生就
比较
美好
一点
就
这
麼
简單
癸卯冬節
蔡瀾語

遇到有桂花香
的地方
控制自己
要去摘花
的手
不到万不得已
不向游客推荐
理发店

杭州地铁上一位女生在写数学习题，
帆布书包袋上印有"不要蕉绿鸭"五个大字。
地铁车厢的地面标语令人莞尔。
比如"遇到有桂花香的地方，控制自己要去摘花的手"；
比如"不到万不得已，不向游客推荐理发店"；
后一句话让人想到乒乓国手王楚钦在杭州斩获4枚亚运金牌后，
接受媒体采访时说在杭州唯一的遗憾是没理好头发。

热播剧《狂飙》中安欣与孟钰的情缘让人唏嘘。

这世上，唯有深情最动人。

虽然我们不能不对"曾经"说再见，

但愿各自安好，初心没有被彻底遗忘。

每一個當下
都是最好的時光
癸卯麥鈴

购物中心里外的常见景象，

令我想起，何炅曾问歌手王菲：

哪一段感情是最令她刻骨铭心的？

王菲稍做犹豫后，答：

当下的每一个都是最爱的。

2023年夏天杭州西湖令人赏心悦目的一景，
送荷花的汉服挑花郎和背筐女子。
人生最曼妙的风景，就是内心的淡定与从容，
把日子过成自己喜欢的样子。

人生就两件事 一件是拿事儿把时间
填满 另一件是拿感觉把心填满
语也半山文集 士寅

同学沈大美人爱戏剧，爱旅游，
爱水墨山水画，也爱做厨娘。
她是履行"人生两件事"的典范：
拿事儿把时间填满，
拿感觉把心填满。

能讓別人
快樂的人
一定很善良
能讓自己快樂的人
一定很聰明

語出莫言 癸卯季春

路过杭州一个名为双峰村的地方，
偶遇茶农安二姐，也是个布艺爱好者，
于是我和她一见如故地交流彼此的手艺。
能让别人快乐的人，一定很善良；
能让自己快乐的人，一定很聪明。

我们最重要的
不是去计较
真与伪
名与利
贵与贱
富与贫
而是如何
好好地
快乐度日
从中发现
生活的诗意

林语堂语 己亥麦轩

用什么样的灵气以及对生活的用心感悟，
才能让画儿生情？林语堂先生早已回答过：
不去计较真与伪，得与失，名与利，贵与贱，富与贫，
而是如何好好地快乐度日，并从中发现生活的诗意。

以一颗初心，慢煮生活

病友的女儿是一名公交车司机。

年轻美丽的公交车司机喜欢朗读。

她坐在她妈妈的病床边，翻开书本，轻轻朗读。

那一幕，特别美妙——

时光缓缓地慢了下来，轻柔了起来，

我仿佛从她朗读的故事里，

看到了另一个自己，

或者说是另一个她，在找自己。

我们都找到了，生活本来的样子。

时光，浓淡相宜。

人心，远近相安。

流年，长短皆逝。

浮生，往来皆客。

让我们用心去感受生活的美好，

用心去珍惜岁月中每一个当下。

你说，

总之岁月漫长，

然而值得期待。

我说，

无论岁月多么漫长，

有你在，一辈子都是

静好的时光。

好好吃饭 好好睡觉
好好挣钱 好好花钱
好好善待自己 做一个开心的人吧
开心到别人看到你也会变得开心了

己亥麦铃

好好吃饭，好好睡觉，
好好挣钱，好好花钱，
好好善待自己。
做一个开心的人吧，
开心到别人看到你也变得开心了。

只记花香不记年

悠闲的生活始终
需要一个怡静的内心
乐天旷达的观念和
尽情欣赏大自然的胸怀
林语堂语 己亥麦铭

悠闲的生活，始终需要一个怡静的内心，
乐天旷达的观念和尽情欣赏大自然的胸怀。

让生命淡然雅静，云淡风轻，
抚平内心的浮躁，不争不抢，
给自己的心灵寻找一个栖息的地方。

愿此生，终老温柔，
白云不羡仙乡。

在流年岁月里，
慢品人间烟火，
素心淡然于寻常日子，
安闲自在，自得其乐。

幸福不是在于有爱人，

而是在于两人都无更大的欲望，

商商量量、平平和和地过日子。

安于对自己生活的热爱，

即便琐碎，只要有心，

寻常日子也可幸福成诗。

让我们每天带着希望出门

如果
事与愿违
就再把希望
带回家
休息休息
明天继续
带出门

摘出朱德庸
庚子麦钟

从容应对生活中的风雨，

让我们每天带着希望出门，

如果事与愿违，

就再把希望带回家，

休息休息，

明天继续带出门。

给自己一份闲，雅俗都行，

用生活的情趣和烟火气，来慰藉自己。

让大脑获得充足的休息，享受当下。

以闲为趣，悠然自得，活出一种人间值得。

不亂於心 不困於情 不畏將來 不念過往

如此
安好

偶尔来一次不考虑热量，
没有顾忌地大吃一顿。
治愈一下自己。

不乱于心，不困于情，
不畏将来，不念过往，
如此，安好。

從前的日色變得慢 車馬郵件都慢 一生祗夠
愛一個人 從前的鎖也好看 鑰匙精美有樣子
你鎖了人家就懂了

木心詩 己亥 夢鈴筆

从前的好，从前的慢，从前的唯美，
其实是我们内心的反映。
如果心境闲逸，便能坦然面对当下的繁杂，
也可将日子过得简单而充实，
让生命处于宁静安好之中。

孤独就是你不再抓紧这个世界，
只能学会打开双手，看到真正的自己。

蒋勋说，孤独是生命圆满的开始。
没有与自己独处的经验，
不会懂得和别人相处。

與有趣的靈魂相遇
是我們認知這個世界
最美好的方式 扆昵語

一生很长，要和有趣的灵魂相遇。

与有趣的灵魂相遇，如同翻阅一本好书。

岁月的沉淀，阅历的积累，

会让人生之路变得更加丰富和有价值。

与有趣的灵魂相遇，

是我们认知这个世界最美好的方式。

阳光正好，微风不燥

在杭州秋冬景色最斑斓绚丽的时候，

我却不慎脚伤了。宅家。画画。

好在，绘画过程很是愉悦。手握画笔时

脸上总是本能似的浮着与小画中人物相同的表情，

嘴角上扬，眉眼弯弯，风清月朗。

然而搁笔后，心中常常会涌起落寞感……

有读者安慰我，

说我的小画分享对他们很有意义。

顿时令我心情又愉悦了起来，

嘴角上扬，眉眼弯弯，阳光正好……

你不喜欢的每一天都不是你的。

葡萄牙诗人佩索阿说，

幸福的人把他们的欢乐放在微小的事物里，

永远也不会剥夺

属于每一天的、天然的财富。

愿余生的每一天都是你自己的。

以歡喜之心 度煙火日常
念別人的好 修自己的心
癸卯秋 麥鈴

以感恩之心，看人来人往；
以欢喜之心，度烟火日常；
念别人的好，修自己的心。
正心、正念、正言、正行，
是最好的修心和修行。

爱这世间，草木如书；
爱这岁月，素净如湖。
在曼妙的时光里，
与岁月深情相拥。
感受这世间的美好与神秘，
珍惜生命中的每一个瞬间。

我以为凡人必须常常生活
于趣味之中生活才有价值
若哭丧着脸挨过几十年
那么生活便成沙漠
要他何用
梁启超语
己亥

生活在趣味中，人间值得。

梁启超说，凡人必须常常

生活于趣味之中，生活才有价值。

若哭丧着脸挨过几十年，

那么，生活便成沙漠，要他何用？

真正能够治愈你的，

从来都不是时间，

而是你的释怀和格局。

常有朋友说，麦铃"画语"很治愈。

其实，治愈你的，也是你自己的心，

是你自己与生活和解的能力。

真正能够治愈你的
從來都不是時間
而是你的釋懷和格局

癸卯秋麥鈴

心中有风景，目光所及皆美意
己亥麦铃笔

心中有风景的人，目光所及皆美意。

心中有风景的人，总是乐于分享。

心中有风景的人，充满自信和力量。

心中有风景的人，平淡的日子也如诗如画。

做一个内心充满阳光的人
安静　爱花　爱自己
绽放在脸上
让笑容
让灵魂
散发着
芳香
把日子
过得
充实而饱满

庚子春麦笋

做一个内心充满阳光的人，

安静，爱花，爱自己，

让笑容绽放在脸上，

让灵魂散发着芳香，

把日子过得充实而饱满。

一個人能夠放下的東西越多
他就越是富有

癸卯麥節

歌德说，生命的全部奥秘，

就在于为了生存而放弃生存。

勇于失去，而会不断拥有。

梭罗说，一个人越是有许多事情能够放得下，

他就越是富有。

学会放下，心灵才能富有。

世界上最宽阔的是海洋，

比海洋更宽阔的是天空，

比天空更宽阔的是人的胸怀。

雨果的至理名言，告诉我们

以宽容的心去接纳这个世界，

体会人生的真谛，享受生活的美好。

一定要爱着点什么，

它让我们变得坚韧、宽容、充盈。

钟爱之物是我们获得

喜悦、情感和智慧的源泉，

是我们生存意义的所在。

一定要愛著點什麼
它讓我們變得堅韌寬容
充盈紫餘的愛著
汪曾祺語 己亥正月 麥虹筆

好的人生本该如此：
进退自如，丰俭随意，
不悔过去，不忧未来，
往里走，安顿好自己。

你简单，世界就是童话。
你复杂，世界就是迷宫。

童话和迷宫，简单与复杂，
是人生旅途中的双面镜。
愿我们通过童话般的梦想和迷宫般的探索，
都可以找到自我价值和人生真谛。

万般滋味，都是生活

常有读者说我的小画有点像丰子恺的漫画，
我总是为之很开心。
虽然我从未刻意模仿过丰老先生的笔墨，
但我特别推崇丰老先生谦虚地说他的画，
只是用写字的笔，像记账般地来记录平日的感兴而已。
我也很希望我的小画里，
有着温暖平实的生活气息和敦厚素朴的情怀。

在茫茫的大千世界里，
每一个人都应该保有一个自己的小千世界。
当大千世界风雨如晦之际，
我们就在小千世界里熨帖心情
让疲倦或躁动的灵魂得到休憩。

人有四不說
不說自己目標
不說自己錢財
不說自己家
事不記
自己錯
事守住
這四個
秘密
免災禍
遠是非

癸卯麥齡

据说"四莫言"是作家莫言说的：

不说自己目标，不说自己钱财，

不说自己家事，不说自己错事，

守住这四个秘密，免灾祸，远是非。

俗话说，言多必失。

那就让自己尽量"莫言"或者"少言"吧。

无论心情如何都要好好吃饭
这样才叫能扛事的人
能扛事就是才华横溢
己亥

好好吃饭，就是对生活的尊重；
好好吃饭，才是最高级的自律。
无论心情如何，都要好好吃饭，
这样才叫能扛事的人。
能扛事就是才华横溢。

懂得拐弯，才是高手。

有的时候，不是路已到尽头，而是该拐弯了。

懂得拐弯，是一种智慧的高远。

懂得拐弯，才能走出一条豁然开朗的道路。

既然无处可躲
不如傻乐
既然无处可逃
不如喜悦
既然没有净土
不如静心
既然没有如意
不如释然
丰子恺语

人生如棋，识局者生，破局者存。

释然一点，定会收获喜悦。

听丰子恺先生的：

既然无处可躲，不如傻乐。

既然无处可逃，不如喜悦。

既然没有净土，不如静心。

既然没有如意，不如释然。

我们要以全心来绽放，
以花的姿态来证明自己存在过。

不为取悦谁，也不为感动谁，
只为不虚度仅有的一次生命。

人生如戏
我们是各自
舞台里
的主角
却也是彼此
的配角
无论是主角
还是配角
愿我们都
能好好演
出最佳的
自己

己亥 麦锦

人生如戏，就凭演技。

我们都是各自舞台里的主角，

却也是彼此的配角。

无论是主角还是配角，

愿我们都能好好演出最佳的自己。

当你和一个人待在一起觉得很舒服，

说明对方的情商和阅历可能远在你之上。

以尊重、倾听、沟通、宽容的态度

与人相处，

是一种修养和素质的体现，

也是一种高情商的表现。

最舒服的相处模式，

不是无话不说，而是可以不说话。

两个人在一起，不一定非要你侬我侬，

而是找到让彼此都感到舒适的相处方式，

让感情细水长流，且无压力。

最舒服的
相处模式，
不是无话不说
而是可以
不说话

庚子麦铃

慢生活不是懒惰，

也不是拖延时间，

而是让人们在生活中找到平衡，

与这个世界越来越融洽。

生命是什么呢?

木心说，生命是时时刻刻不知如何是好。

生命是一场漫长的旅程，充满未知和挑战。

我们要保持一颗谦逊和悲悯之心，

不断地去适应、去学习、去成长，去爱。

在这个美好又遗憾的世界里，

你我皆是自远方而来的独行者，

不断行走，不顾一切，

哭着，笑着，留恋人间，

只为不虚此行。

当一扇门被关上的时候，
要学会给自己画一扇窗。
迎来一派鲜活的春光，
让希望、坚持、自信伴随着自己。

　　只记花香不记年

见山海，
见自己

风有约，花不误

假如家人生日宴与朋友聚会的时间相撞了，你会怎么办？

我知道，聪明的你会说：亲人第一。

然而，傻傻的我，有时候会觉得

亲人可以怠慢，朋友能够理解，花谢花会再开。

好在，这个世界，不会只得不失，也不会只失不得。

好在，无论岁月流转，风都不会辜负与花的约定。

你若盛开，清风徐来。

爱的可贵经验就在于，

从某一瞬间的偶然出发，

去尝试一种永恒。

用真心去演绎两个人的世界。

風有約花不誤
年二歲二不相負
癸卯李鈴

风有约，花不误，
年年岁岁不相负。
如同美丽的童话，爱情的故事，
要快乐幸福哦，直到永远。

时光无恙 岁月如花
趁当下 及时爱
己亥 麦铃肇笔

不是每一天都阳光正好，
不是每一日都鲜花盛开。
趁时光无恙，岁月如花。
趁当下，及时爱。

秋天也很好，桂花会开，
空气会香甜，我们会变好，
一切充满希望，温柔又热烈。

秋天也很好
桂花會開
空氣會香甜
我們會變好
一切充滿希望
溫柔又熱烈

己亥秋摘句
梦钤

等待一场姹紫嫣红的花事，是幸福；

在阳光下和喜欢的人一起筑梦，是幸福；

守着一段冷暖交织的光阴慢慢变老，亦是幸福；

世上最奢侈的人，

是肯花时间陪你的人。

谁的时间都有价值，

把时间分给了你，

就等于把自己的世界分给了你。

每一朵花都是安静地来到这个世界，

又沉默离开。

若是我们倾听，

在安静中仿佛有沉思，而在沉默里也有美丽的雄辩。

平凡者就是平顺、安常、知足
知足
安常
平顺
就是
平凡者
平凡人
的一生
就是
平安
知足
的
一生
林清玄
庚子
言馀

平凡者就是平顺、安常、知足。

平凡让我们可以把日子过得轻松。

平凡人的一生就是平安知足的一生。

人生就是如此，繁华也好，热闹也罢，

到最后，还是得落到平凡的实处。

生命的丰饶与深厚，

其实是奠立在审美的基础之上。

乐观豁达，是永远的玫瑰，

顺风就随风摇摆，

逆风就借风飞舞。

望远处的是风景，

看近处的才是人生，

唯愿此生，

岁月无恙，只言温暖。

幸福没有标准答案，快乐也不止一条道路。

自己喜欢的日子，就是最好的日子。

适合自己的活法，就是最好的活法。

做生活的导演不成再次之做观众做演员次之

木心说：

做生活的导演，不成。

次之，做演员。

再次之，做观众。

导演，演员，观众，

人生三层境界，

你在哪一层？

知道谢父母
却不盲从
知道谢天地
却不畏惧
知道谢自己
却不自恋
知道谢朋友
却不依赖
知道谢每一粒种子
也知道要早起播种
每一缕清风
和御风而行
语出毕淑敏
己亥秋 爱铃

做个心存感恩又独立的人，

知道谢父母，谢天地，谢自己，谢朋友，

却不盲从，不畏惧，不自恋，不依赖。

知道谢每一粒种子、每一缕清风，

也知道要早起播种和御风而行。

有山有水有自已

家父酷爱画山水。

我生命的最早记忆，就是旁观父亲在书房里挥毫洒墨。

成年后曾悄悄地用笔名在报纸上抱怨过父亲对我的忽略。

我猜，父亲是读到了我的抱怨的，但父亲不语。

有次，有人表扬我书法不错，说我是得了家父的真传。

我对人说，家父从来没有教过我书画。

父亲得知后，终于对我说，

我从他的山水画中，应该会有感悟到的东西。

人生万事须自为，跬步江山即寥廓。

不积跬步，无以至千里。
世上没有人能无风无浪过一生。
即使每次仅仅迈出半步，日积月累，
也可以进入一个无比广阔的世界。

流水不争先，争的是滔滔不绝。

"水善利万物而不争"，是老子的无为、不争的思想。

而这里的"流水不争先"，并非不求上进。

而是说尊重自然规律，积蓄力量，才能川流不息。

我见青山多妩媚，料青山见我应如是。

青山是高尚品格的象征。

愿以青山为知己，心怀高洁，

旁观人间百态，尽享至味清欢。

好的人生该是
有些有川有自我
戊戌小雪

人生中最美好的过程，
不是繁花似锦惊艳了时光，
而是有山有水有自我。
将心安放在山水之间，
聆听万物之声，自然之籁，
与心灵和平共处。

学会凡事往天上想，往海里想，
最不济也往山上想，别委屈自己。

当一切归于山水天地的时候，
何尝不是一种全新的开始。

　｜辑二　见山海，见自己

心辽阔了，人生才能辽阔。

风来的时候，就去看看云吧，

直至看到云淡风轻，

你会发现，其实天很蓝。

你可以一辈子不登山，
但你心中一定要有座山。
山让你有个前行的方向，
让你在任何时候抬起头，
能看到自己的希望——
一览众山小。

四處走走
你會熱愛這個世界
語出 汪曾祺 壬寅麥鈴

四处走走，你会热爱这个世界。
你会发现天地何其辽阔，
山峦何其高耸，海洋何其浩瀚。
你会感到珍惜当下何其重要，
让自己每一分钟都快乐，
就是活着的意义。

放弃不难，但坚持一定很酷。

只有坚持下去，才能收获惊喜。

给自己一个见证自己的机会，

你会发现自己曾经有多酷。

人生没有白走的路，每一步都算数。

人生如旅，步步都在编织不同的风景，

都在让我们的人生更接近圆满。

往后余生，有路，就大胆地去走。

只记花香不记年

人生如旅途，要学会看看风景。
其实自己亦是风景。

在仰望他人的风景时，不要迷失自己。
要相信尘世中的每一个人，
都有其独一无二的风光和精彩。

浮世清欢，细水长流。

像一枚绿玉撒落在山水之间。

踩稳脚下的步子，

尝试学会与时空和平共处。

放弃的就是虚空，

握紧的是梦想的鲜花。

生活是天籁，需凝神静听

如果，你有心来聆听，用心去倾听，

其实每一个日出日落，每一树花开，

每一片叶落，每一声鸟鸣，

每一个微笑，每一朵云过……

都是生活交响乐中的音符。

让我们以敏感的心灵来领略这些美丽，

来静心地体验我们存在的价值。

我们的爱，会明亮且有暖意。

生活是天籁，必须凝神静听。

把流年放进一株待放的荷里，

蜻蜓曼舞轻飞，忽略了时光漫长。

随风，轻歌吟唱，

随心，余音绕梁……

在岁月的流转中，

渐渐学会了随遇而安。

在夏天，我们吃绿豆、

桃、樱桃和甜瓜。

在各种意义上都漫长且愉快

日子发出声响。

任时光轻抚肤发，

有时候甚至忘记了

那一声声琴弦的拨动，

是唱给悠悠的岁月还是盛夏。

在夏天我們吃綠豆

桃櫻桃和甜瓜

在各種意義上都漫長

且愉快

日子發出聲響

羅伯特亞爾澤諾

己亥夢龄

那些感受大地
之美的人能从
中获得生命的
力量直至一生

蕾切尔·卡逊

享受生活不一定要有山珍海味、绫罗绸缎，
大自然就是上天赐予人类最豪华的珍宝。
那些感受大地之美的人，
能从中获得生命的力量，直至一生。

母亲其实是一种岁月，
是从绿地流向一片森林的岁月，
是从小溪流向一池深湖的岁月，
是从明月流向一片冰山的岁月。
而岁月的流逝是一曲无言的歌，
在年复一年的轮回里吟唱。

苍天给了每个人
一条命一颗心
把命照看好
把心安顿好
人生即是圆满

周国平语录乙未春季节

人生没有永远的完美，

幸福也不可能有一百分。

每个人只有一条命，一颗心，

余生，把自己的命照看好，

把自己的心安顿好。

知足就是幸福，就是圆满。

對心理最有好處的是偶然任其放鬆
逍遙自在置身於光線變換的房間裡
無論什麼都不放心上就像今天
秋叶婆啥都沒做可我感到心境
優雅柔和靈便輕鬆

笑叩姿餙

偶尔给自己的心理做一个保养，

任其放松，逍遥自在。

比如无论什么都不放心上，什么都不做，

就置身于光线变换的房间里，

让心享受优雅、柔和、轻松的状态。

人这一生，无非是认识自己，

洗练自己，自觉自愿地改造自己。

认识自己是智慧的开端，

洗练自己是成长的必由之路。

只有不断地淬炼和沉淀，

变成更好的自己，

你要的生活才会奔你而来。

张晓风说，我极喜欢而又带着几分崇敬去喜欢的，便是海了，

那辽阔，那淡远，都令她心折。

我也是，带着几分崇敬去喜欢的。

海的尽头是天际，也是心灵，

愿我们都在海的怀抱里找到自己。

心有桃源，何处不是水云间。

也许，是一座安静的宅院，

也许，是一方清静的山水，

也许，是一条幽静的小路。

只要是自己的心之所往，

便是自己心中的桃花源。

祇記苙開不記年

戊戌腊月李锌筆

清代才女袁机的随园杂诗，
我只记下"只记花开不记年"。

只记那些美好的，开花的事，
忘却那些不开心的，
人生，就会多一份快乐。
多宽慰自己，与时光握手言和。

真正自由的人，都是快乐的。

只有简单地生活，才能自由地生活。

想让心灵感受自由，就是简单。

活得简单，才能活得自由。

而自由，往往是最美好的。

我喜欢春天的花，

夏天的白云，

秋天的黄昏，

冬天的太阳，

和每天的你，

还有，我自己。

辑二 见山海，见自己

随风起，满目风与月

白露时节，天高云淡，气爽风凉。

暑天的闷热基本结束了，万物温良。

随风起，梧桐叶落，

露染山河，满目风与月。

谁都想要那一抹光的清亮，

去慰藉秋风、秋雨、秋凉。

我将这繁华流年、千帆竞过的岁月交替，

落进我的小画，

让风与月来解读你我的心境。

人间半秋，愿君无恙。

童年迅疾又漫长，

朝花不经露寒，只待夕拾。

愿清风白露，年岁无忧。

还有心情可以无拘无束，

还有心境可以畅快神怡。

当你想把秘密告诉风时，
你要料想到，
风会吹过整个森林的。
每一个经历就是剧本，
每一次跌倒都是成长。

起風的時候學會依風起舞
落雨的時候學會給自己
撐一把傘
戊戌冬　慶鈴製

如果人生是一个舞台,

那么谁都愿意长袖善舞。

起风的时候学会依风起舞,

落雨的时候学会给自己撑一把伞。

愿你是知时节的好雨

書上說，天下沒有不散的筵席。

書上還說，人生何處不相逢。

與清風告別，細雨霏霏。

你說，那年庭院外的凌霄花

如蝴蝶翻飛。

一个人内心愈强大，

便会愈温柔。

当你温柔了，

世界就跟着温柔了。

温柔是永不凋谢的常春藤上

开出朵朵沁人心脾的小花。

秋风里秋水凉。

唯愿今夜月色好。

真正治愈自己的，只有自己，

不去抱怨，尽量担待，

不怕孤单，努力沉淀。

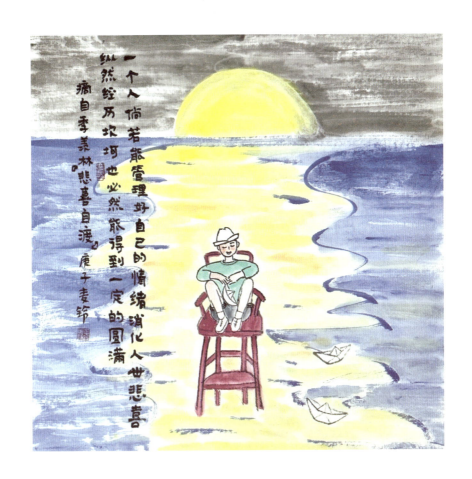

一个人倘若能管理好自己的情绪消化人世悲喜纵然经历坎坷也必然能得到一定的圆满。瘾自季羡林。悲喜自渡。庚子麦铃

累了，像这样栖息一会儿吧：
让小船儿承载你那美丽的梦……
管理好自己的情绪，
消化人世悲喜，纵然经历坎坷，
也必能得到一定的圆满。

微笑不需要多么
惊天动地的理由
只要感受到清风朗月
大自然的生机
就可嫣然一笑

毕淑敏语 庚子青铃

半秋微凉，然而

只要感受到风清月朗和草木馨香，

就可嫣然一笑。

微笑不需要有多么惊天动地的理由。

有一种圆满是：

我的无心吹奏，

恰巧被你用心倾听。

花前月下的美好，

其实很简单，

简单成了人世间的最羡慕。

要记得在庸常的物质生活之上，
还有更为迷人的精神世界，
这个世界就像头顶上夜空中的月亮，
它不耀眼，散发着宁静又平和的光芒。

人生如梦，一梦千寻。

我投入的却是真情。

相信爱，相信世上每一个生灵

都有权被视若珍宝，与岁月相融相惜。

这世界先爱了我，我不能不爱它。

其实享受生活是一种感知，

春华秋实、云卷云舒都值得体味。

比如：

一缕阳光，

一江春水，

一语问候，

一叶秋意……

千山暮雪，海棠依旧

读者清风扬在我的公众号里留言说：

她看到有冬天的毛线帽子上绣着Love me（爱我）。

无论如何，至少自己应该爱自己。

这样，即使天气再冷，也会有一个温暖的角落。

是的，人生最应该取悦的，就是自己。

只要你感到是为自己而生活，

世界也许就会在你眼里变一个样子。

生命对于每一人，都是上苍只有一次的馈赠。

接纳自己，与往事和解，让阳光照进日子。

爱自己是终身浪漫的开始
癸卯冬·麦铃

如果一个人连自己都不爱
那他怎么来爱他人、爱生活呢？
总觉得爱也是一种能力，
有能力自爱，才有能力去爱他人、爱生活，
才能活得有趣。

爱自己是终身浪漫的开始。

黄昏的斜阳下，一位上了年纪的女子，
灰白的头发扎着作家三毛式的小辫子，
身上挎着两只包袋，一手购物车，一手饮水瓶，
神态从容地行走在逆光里。
让我想起这句诗：

倘若南风知我意，莫将晚霞落黄昏。

千山暮雪海棠依舊
系為歲月驚擾平添憂愁
癸卯冬麥節

千山暮雪，海棠依旧。
不为岁月惊扰平添忧愁。

无论岁月如何变迁，
请保持内心的坚定和从容。

生命没有對錯
追求快樂是責任
吴邱香铃

人生大多数的痛苦
不过是自制的不幸。
生命没有对错，
追求快乐是责任。

如果可以，不妨寻找一件事，

你热爱，你坚持，

你的人生就有奔头，生活因此而紧凑。

丰沛生命，把自己还给自己。

所谓存在其实就是做自己喜欢的事情

癸卯冬 黎龄

所谓存在感，
其实就是做自己喜欢的事情。

朋友赋闲后在朋友圈里晒出马不停蹄、天南海北的逍遥。
他说，存在感是人一辈子都不愿意放弃的目标。
他的存在感就是旅游、摄影、朋友圈。
好吧，我有存在感，就是因为您在阅读这本书。
谢谢！

花有花期，人有时运。

要允许一切发生。

心随境变，是无奈，亦是勇敢。

怀爱与诚，静待来日。

我将玫瑰藏于身后，

风起花落，

从此鲜花赠自己，

纵马踏花向自由。

人这一生，风雨兼程，

就是为了遇见更好的自己，

不论顺流或是逆风，

用心生活，用力向上，微笑向前，

就是对生命最好的回馈。

如果你独处时感到寂寞，

这说明你没有和你自己成为好朋友。

发现自己的内心，

需要内在素养的力量。

唯有智者才能与自己为伴。

如果你独处时感到寂寞

这说明你没有和你自己成为好朋友

萨特语 辛丑麦铃

有人评论汪曾祺文章的内容不够宏大，

笔下的人、事、物，都太小了。

汪曾祺是这样回复的：

我与我周旋久，宁作我。

不管是"前路漫漫亦灿灿，往事堪堪亦澜澜"，
还是"关关难过关关过，前路漫漫亦灿灿"，
或是"轻舟已过万重山，前路漫漫亦灿灿"，
总觉得就"前路漫漫亦灿灿"这句就够用了。

万物冬藏诗春来

寒潮即将来临的黄昏里弄。

一位身形癯惫的老伯，默默守着满满

一三轮车斗略带青色的橘子。

一位过路的妇人挑了一个橘子，

剥开尝了一瓣，说了声"不甜"，

便把她手中已剥开的橘子扔回车斗里，走了。

我走近，捡起妇人剥开的那个橘子，也尝了一瓣。

我对老伯说："说实话，你的橘子的确不甜，不过也不算太酸。"

老伯讷讷地说："放上一段时间，会甜一点的。"

"好吧，我买4斤。"我对老伯说。

我手拎橘子才走出几步路，感觉这4斤橘子好重呀。

为减轻负重，于是，在长长的里弄里，

我迎风边行走边剥橘子吃了起来。

还是实话，橘子真的不甜，不过，也不算太酸。

冬天之所以那么冷，
是为了告诉大家，
人与人之间的温暖，
有多重要哟！

因寒冷而打战的人，

最能体会到阳光的温暖，

经历了人生烦恼的人，

最懂得生命的可贵。

无论去哪里，什么天气，

记得带上自己的阳光，

跟着自己的心走吧。

岁月极美，在于它必然的流逝。

春花，秋月，夏日，冬雪。

心情就像衣服，
脏了就拿去洗洗晒晒，
阳光自然就会蔓延开来。

当华美的叶片落尽，

生命的脉络才历历可见。

洗尽铅华，方能领悟生命的真谛。

从身上拍落两场大雪，

由心底携出一束火焰，

我要有能做我自己的自由

和敢做我自己的胆量。

只记花香不记年

如果这世界是一面镜子，

我要对镜子里的自己微笑，

相信它不会对我皱眉，

相信它是个高兴的伴侣。

有很多时候
需要的不仅仅
是执著
更是回眸一笑
的潇脱
戊戌冬 麥鈴筆

冬天的夜虽然很长，

总不会把梦做到穷尽了。

有很多时候，

需要的不仅仅是执着，

更是回眸一笑的洒脱。

睡前原谅一切，醒来便是重生。

人情冷暖正如花开花谢，

不如将这种现象，

想成一种必然的季节。

落在一个人一生中的雪，

我们不可能全部看见，

每个人都在自己的生命中孤独地过冬。

然而，即使生如芥子，

也要心藏须弥。

向前走吧，沿着你的道路，
鲜花将不断开放。
迎着晨曦，温暖向阳，
一路行走，一路有芳香。

心似白云常自在，

意如流水任东西。

不以物喜，

不以己悲，

顺应自然。

因为爱，
而相遇

致父亲——离天空最近的地方

如果说，父亲是一本书，

那么，这本书没有华丽的辞藻，却有道不尽的真实。

其实没有一个人真正了解自己的父亲，

但是我们都有着某种共同的感悟或者理解和信任。

书法老师每每表扬我书法有进步时，总爱说：

如果你父亲知道你的字这么漂亮了，他肯定很开心。

我想，这是书法老师在感同身受吧。

从卖气球的人那里
每个孩子牵走一个心愿
北岛诗 庚子夏铭

小时候，离天空最近的地方，
就是父亲的肩膀。
抬头可摘树上的果实，
甚至天上的星星也足以尝试。

山的存在，让我们永葆谦逊和恭敬的姿态，知道在这个世界上有一些事情必须仰视

毕淑敏语 庚子季秋录

在别人眼里不管是普通抑或不凡，

父亲都是我一辈子的大山。

山的存在，让我们知道在这个世界上，

有一些事情必须仰视。

向陽而生逐光而行
心有暖陽何懼人生滄桑
癸卯冬·季節

在这个世界上，

真的实现"我养你啊"的男人，

就是，也只是父亲。

幸福其实
很简单
有人爱
有事做
有所期诗
己亥
麦钚

全世界都在催着我长大，
只有父亲心疼我小小的翅膀。

一个人活在今天
只要把今天的地
扫干净把今天的
心扫干净就行了
因为明天有明天的心和明天的落叶

庚子春节

一直幻想英雄的样子，
长大才知道原来英雄就在身边，
就是自己的父亲。

父亲给的可能不是最好的，
但他把他最好的都给了我。

耐心韧性
谅解宽容包涵
都是爱的代名词

三毛语 庚子春节

如果你年轻的时候
一味追求享受生活
等你老了你会发现
你做对了
　　　　　罗素语
癸卯李铧

小时候跟着父亲看世界，

长大后才发现，

我才是父亲的全世界。

稳住了整个江湖是你的
稳不住整个油锅是你的
已亥麦铭

长大以后明白了，
父亲并不是无所不能，
但我依然要说：
爸爸，你永远是我的超级英雄。

树是大地写给天空的诗

庚子春麦铃

每个女孩都曾经是公主，
身后站着一位老去的国王。

爸爸也是第一次当爸爸，

很多地方做得不好，

你要原谅。

我一天一天懂得你的不容易，

同时也一天一天理解你曾付出辛苦。

当你用有趣的态度
对诗生活里那些看似
无趣的小事会收一份
小小而确定的幸福
从而觉得生活美好无比

癸卯麦铃

只愿时光温柔，

我努力成长，你慢慢变老。

友情到底是一种什么东西

又看了一遍陈可辛导演的电影《中国合伙人》。

影片中王阳说：千万别跟最好的朋友合伙开公司。

想起，我曾经的女上司退休时说，

在其职业生涯中最令她感到欣慰的，

是把自己的部下处成了朋友。

想起，一位驴友说他与前妻的爱情不在了，

但他们的友情还在。

友情到底是一种什么东西？

如果说人生是一首诗，
友情定然是其中不可或缺的诗句。
那诗句会摇曳在乍暖还寒的春天里，
也会沉浸在宁静喜悦的秋阳余晖里。
我们微笑着拾取那点点诗意。

在太阳升起之前，

我们可以一起去想去的地方。

但愿我们还能一起在高处看风景。

朋友是一切人伦的基础。

懂得处友，就懂得处人；

懂得处人，就懂得做人。

可以不刷朋友圈，
可以不需要朋友圈里的点赞。
但生活里不能没有朋友，
因为出了门，门外的路泥泞，
树丛和墙根会有狗吠。

要生活就不能没有朋友
因为出了门门外的路泥泞
树丛和墙根又有狗吠
贾平凹语 癸卯季节

世界上許多人需要的 其實不是實用
的忠告 而是充滿暖意的附合

壬寅季節

世界上许多人需要的，
其实不是实用的忠告，
而是充满暖意的附和。

被公认为中年油腻行为之一
便是"好为人师"。
智者善于倾听而不是免费说教。

人生的快乐有一大
半要建筑在人与人
的关系上面只要人
与人的关系调处得
好生活没有不快乐的

朱光潜语 己亥惠锦

这世界有那么多人，

多幸运，我有个我们。

人生的快乐有一大半

是建筑在人与人的关系上面的。

只要人与人的关系调处得好，

生活没有不快乐的。

快樂是一種心理狀態
內心湛然則無往而不樂
梁實秋語 壬寅季節

朱丹哭诉被其朋友骗走千万钱财。
私以为，有数额巨大经济往来的人，
不能相互称为朋友。

真正的友情可以雪中送炭、雨中送伞。
但绝对不应该有欺骗和圈套。
真正的友情，应该是内心湛然。
而内心湛然，则无往而不乐。

后来才知道好朋友
不是通过努力争
取来的而是在
各自的道路上
奔跑时遇见的
刘同语 己亥画鄂

好朋友不是通过努力争取来的，
是在各自的道路上奔跑时遇见的。

如果不是在各自道路上不断成长，
原本的所谓好朋友之间
难免会渐行渐远渐无书。

只闻花香不谈悲喜

戊戌腊月 麦铃笔

朋友这种关系，

最美，美在锦上添花；

最贵，贵在雪中送炭；

最好的朋友，便如好茶，

清香，但不扑鼻，缓缓飘来，

淡而不涩，似水长流。

生命的意义，

在与人与人的相互照亮。

有过这份曾经的"光照"，

即使渐行渐远了，

也会在心底多了一抹怀念的余霞。

有一种友情，叫作我们同学过。

我们曾如此相似，但又如此不同。

我们恰恰好没有错过，

我们又恰恰好错过了。

一切都恰恰好。

有一种距离叫珍惜，

有一种存在叫天长地久，

有一种清爽叫我不舍得你油腻。

多年以後
願我提著老
酒

你们
是
老
友。

癸卯
麥節

真正的朋友，
不在乎你成功不成功，
厉害不厉害。
只在乎你这个傻瓜，
什么时候能出来见上一面啊。

多年以后，
愿我提着老酒，
你还是老友。

愿君终如月，淡然落清辉

月亮，平和、淡泊、清幽而自由。

赏月是漫长岁月里一件特别让人治愈的闲情。

古今中外的文人留下过太多关于月亮的经典诗句。

总觉得，天地自然之中，有月亮的神秘存在，

大概就是让我们有个寄情之处吧。

其实日月星辰、山川河流，

爱这些事物的人，无论从现实到浪漫，

还是从浪漫到现实，都是想以此来寄深情，

给自己，给生活，给人间。

山月不知心里事，水风空落眼前花。

你知道吗？我会在这里等你，
等到秋水微澜，等到落花踏梦，
等到青山隐隐，等到明月千里……

清风明月本无价，近水远山皆有情。

那些风清月朗已然在山海边存在。
不必怨怼，也不必内疚，
不急不躁地等待，是对梦想最妥当的安排。

愿君永如天上月，皎皎千古不染尘。

我想这里的"君"也可以是自己、亲人、朋友。
愿"君"们都永远如明月般皎洁明亮。
愿我自己也永远拥有自由、平和和清明。

慢品人间烟火色，闲观万事岁月长。

月在高处，我在清辉的轻风里，
以恬淡之心，在恰好的时节兀自花开，
兀自温暖在琥珀色的醇香里。

清欢不渡，白茶不予。

我在等风也等你。

等到春风拂面，等到月色似雪。

端上一杯淡泊和一份美丽，

轻轻呼吸，心旷神怡。

一切美好，都尽收心底。

想要的自在，不只是空间，

还有清淡的风和月。

最深最平和的快乐，

就是静观天地与人世，

慢慢品味出它的美与和谐。

我想在秋天储存浪漫，

好在冬天馈赠给自己。

愿那或热情或清朗的背景里，

那一张张底片都永不褪色。

不纠结 少俗虑 随遇而安
以一颗初心安静地慢煮生活
汪曾祺语 壬寅麦铃

西溪里，且坐下，

不与钱江运河争气势，

不与小桥流水争人家。

不纠结、少俗虑，随遇而安，

以一颗初心，安静地慢煮生活。

有人说：

最讨厌的是假话和煤烟，

最喜欢的是正直的人和月夜。

我也是。

愿月皎人如玉，

我们都活成自己喜欢的样子。

如果心水是澄净的
那么就日日是好日
夜夜是清宵
林清言语
亦子麦群

享受在有月牙儿的夜晚这独处的步伐，

可以恬静，而无须刻意保持优雅。

如果心水是澄净的，

那么就日日是好日，夜夜是清宵。

给自己一段温软时光
让灵魂安静绽放

别总是忙于追赶太阳，

也留点时间与月亮对话。

给自己一段温软时光，

让灵魂安静绽放。

你笑起来，真像好天气

我社恐。好在，我愿意微笑。

我不知道别人社恐是不是也都像我一样，

爱用微笑来掩饰内心对人际交往的恐慌。

我微笑，说："今天天气不错。"

你，也微笑，说："嗯，天气不错。"

完了，我们棋逢对手了。

相视，然后，扑哧，笑了起来，

这下是由衷地开怀。

我们笑起来，真像是好天气。

每天给自己找一个开心的理由
比如阳光正好 微风不燥

每天给自己一个开心的理由，
比如，阳光正好，微风不燥。

向阳而生，心花不败，
便是对流年的最好成全。

早晨起来，拉开窗帘，

如果有阳光，你笑，窗里窗外都明亮起来。

你笑起来，真像好天气。

如果有雨雪，你轻轻靠在一扇玻璃窗旁，

哦，幸而有个家，雨雪泼不进来，

便会觉得幸福。一片好心情。

晴天时爱晴，雨天时爱雨。

从容一点，等等我们的心。

有时候，我们得停下脚步，

让心情平和，想一想自己生活中

拥有的所有美好的东西，

让内心充满喜悦。

愿你我心中各安一方小院，

无须繁华，称心即可，

眼底有诗，心头无事，清凉如许。

于浅浅淡淡的时光里，

笑看世间云卷云舒。

不知道自己急什么的时候，要让自己慢下来。

有时候，慢下来才是最好的生活方式。

人这一生，重在体验，是一个感受的过程。

与其步履匆匆，不知道自己的方向在哪里，

不如放慢脚步，静静感受，好好品味眼前的风景。

请和阳光并行，和温暖融合。

你的好时光，值得浪费在一切美好的事情上。

不用羡慕别人，也不用抱怨自己，

听从自己的内心，好好享受当下美好的感觉。

親愛的
我穿這件
你看可以嗎
嗯好看
己亥麥鈴筆
生活因慢
而有了美感
聆聽聞苍
落地的聲音
定格時光裡
的暖溫潤
清亮

"亲爱的，我穿这件，你看可以吗？"
"嗯，好看。"

生活因慢，而有了美感。
聆听闲花落地的声音，
定格时光里的暖、温润、清亮。

若果一个地方女人的服装好看那里一定有自由有了自由就有艺术就有文化就有精致的女人和高级的男人 林清玄语 庚子麦钟

林清玄说：

若果一个地方女人的服装好看，

那里一定有自由，

有了自由，就有艺术，就有文化，

就有精致的女人和高级的男人。

哈哈，先生们，为了你们的高级，

要多多支持女士们买好看的服装哦。

总有人说要"优雅到老"。
所谓优雅，就是尊重内心，
活成自己喜欢的样子。
只要对自己足够好，心中有爱，不惧时光，
就能做到始终优雅。

去一些小摊买好吃的，感受烟火气。

也可以是一种优雅的生活方式哦。

希望天空足够蓝，阳光足够好，

街边的小吃干净又美味，

回家的灯总是亮的。

庚子麦钿

希望天空足够蓝
阳光足够好
街边的小吃干净
又美味
回家的灯
总是亮的

每天快快乐乐的人，都有什么特征？

答案只有两个字：善忘。

如果学不会忘记，人生便很难再继续。

忘记一切不好的，为阳光记忆腾出空间。

谢谢每一个有清风吹过的日子

心存感恩之心，人生就风和日丽。

常表感恩之情，人生就天高云淡。

谢谢岁月里每一份温暖的记忆。

谢谢每一个有清风吹过的日子。

要等时间嘉许，

等春风得意。

以恬淡之心，

静等有花摇曳的声音。

尽享鲜花簇拥，

领略清风过境。

辑
四

人生海海，
山山而川

珍惜阳光的馈赠

赵姐爱美，护肤防晒做到极致。

驾车时都把自己包裹得严严实实，

生怕阳光透过车窗晒到脸和手。

去年体检结果说赵姐缺钙。

医生说，仅靠药物补钙是不行的，

你要晒晒太阳。

从此，赵姐每天保证有一刻钟沐浴阳光。

阳光终于给赵姐的脸上留下了点点痕迹。

给赵姐拍照片，我说修一下图吧，

赵姐婉拒，说她好不容易得来的

阳光的馈赠，她不想抹去。

为了看看阳光，我来到世上；

为了成为阳光，我祈祷于世上。

无论岁月风雨，都要记得美、凝望美、爱美，

这是喜悦，是生命的酣畅淋漓。

为了看：阳光我来到世上
为了成为阳光我祈祷于世上
巴尔蒙特语 庚子麦钟

将脸朝向有光的地方时间长了
你自然学会了和喜悦相处的诀窍

毕淑敏语 庚子麦钤

保持微笑，不断地感恩，

将脸朝向有光的地方。

时间长了，

你自然学会了和喜悦相处的诀窍。

面朝阳光，就不会看到阴影。

希望自己是一棵树，
向阳而生，沐光而长，
静静地聆听大自然的智慧。
不惧岁月沧桑，
安然修持自己，做好自己。

世界上最快活
的人不僅是最
活動的人也是
最能領略的人
所謂領略就是旅在
生活中尋出趣味
朱光潛語
癸卯夏鈴
[印]

朱光潜说，世界上最快活的人，

不仅是最活动的人，也是最能领略的人。

所谓领略，就是能在生活中寻出趣味。

于闲适间，找回生命的本真，

找回快乐的感觉。

生命没有对错，追求快乐是一种责任。

人虽然独自存在却相互依存，

你的快乐也是别人的快乐。

快乐的人可以因种种理由而快乐，

能保持快乐是心灵和品德的成就。

快乐是要去找的，很少有天生幸福的人。

阅历越丰富、境界越高远的人，快乐越多。

闲事人人有。快乐是一种选择。

学会放下，学会轻松，快乐会如约而至。

生活是我们自己在过，
我们必须体会到这一点，
为自己的生活和快乐负起责任。
快意人生，别让快乐擦肩而过。

看淡世事沧桑，内心安然无恙。

那些风月风烟漫过的地方，

是灵魂深处的宁静，

从容淡定，是最美的风景。

清醒，温柔，知进退，

就足以落落大方地去爱，

去感受并享受生活，

做最好的自己。

如果皱纹最终会刻在你的额头上，
那就别让它爬到你的心上。
接受岁月的洗礼，用感恩的心态
面对生命每一个阶段的独特的美好。

我劝你多打网球多弹钢琴多栽花木多搬砖弄瓦
假如你不喜欢这些玩意儿你就谈谈笑笑跑跑跳跳
也是好的 朱光潜语 己亥 麦铃

朱光潜先生劝你多打网球，

多弹钢琴，多栽花木，多搬砖弄瓦。

假如你不喜欢这些玩意儿，

你就谈谈笑笑，跑跑跳跳，

也是好的。

愿你拥有好运气，

对一切充满感激，

守着一份爱和温暖，

守着一份美和天真，

喜欢阳光，喜欢美好，

也喜欢自己。

度四季，也度自己

有位"海漂"20年的杭州读者说，
他午夜梦回秋色绚丽的温暖故乡，
醒来整理数十年间行旅世界各地的相册，
相册里有秋色、朋友、都市、乡村、街景、行人……
谢谢麦铃的"画语"，让漂泊多年的他从中悟到
人生就是一场自度的旅程，
看世界，也找自己；度四季，也度自己。
活着已经不易，还能写字拍照画画，
就是有福了。感恩遇见。

我用一只眼睛看世界，来发现美好，
另一只眼睛看你，来发现可爱。

蜗居久久，会让我们的视野狭小，胸怀仄隘，
所以我们需要走出去看世界、见众生、找自己。

人说，背上行囊，就是过客；

放下包袱，就找到了故乡。

其实每个人都明白，人生没有绝对的安稳。

既然我们都是过客，就该携一颗从容淡泊的心，

走过山重水复的流年，笑看风尘起落的人间。

用一顆瀏覽的心去看待人生
一切的得與失隱與顯都是風景與風情

人生如画卷，得失隐现皆风景。

用一颗浏览的心去看待人生，

一切的得与失、隐与显，都是风景与风情。

每一份得失，都会让我们更好地认识自己，

从而更好地成长。

三毛说，出发总是美丽的，

尤其在一个阳光普照的清晨上路。

但愿一路上彩霞满天，蒲公英飞舞遍野，

一切一切的美好，都与你有缘。

走遍世界，不过是为了找到一条走回内心的路。

阅尽人世间的风月，踏过万里路的红尘，

最终学会的，不过是与自己和解。

有我之境以我觀物
故物皆著我之色彩
王國維 人間詞話

壬寅季龄

王国维说：有我之境，以我观物，故物皆著我之色彩。

王国维还说过：一切景语皆情语也。

有我之境，我愉悦则万物皆欣欣向荣。

我愿意这样来理解，为了美景，我们要快乐。

当你有美好憧憬的时候
生活就变成了一部文艺片
韩寒·语 辛丑孟冬饰

把玫瑰填满心房,
心里才不会长满杂草
当你有美好憧憬的时候,
生活就会是一部
充满诗情画意的文艺片。

看世界 也找自己
度四季 也度自己
癸卯 麥翎

和女友一起去新疆伊犁看杏花。

走着走着，女友在路边的一株开满鲜花的桃树下蹲下……

看世界，也找自己；

度四季，也度自己。

我们领教了世界是何等凶顽，

同时又得知世界也可以变得温存和美好。

人生海海，我若是一尾鱼，

在水中自由地遨游，

闲暇时挣脱一切羁绊，

到岸上享受清风拂面或阳光正好，

然后，重新潜入海底，在波涛下微笑。

树在，山在，岁月在，

我在，

你还要怎样更好的世界呢？

你要相信有"我"的呼吸，

是自由的灵魂，

是万物的主宰。

旅行之意义并不是告诉别人这里我来过，
是一种改变。
旅行会改变人的气质，
让人的目光变得更加长远。

在许多人的心目里，

乡愁不仅仅是童年时笑声和泪珠的洒落，

丝丝片片，点点滴滴，都能找得到的地方。

乡愁是灵魂的栖息地和宿命的落脚点，

是由泥土、瓦房，以及亲人在心田筑就的圣地。

乡愁，是绵延一生的文化记忆。

乡愁对于中国人来说是绵延一生的文化记忆

每个人都有属于
自己的一片森林
也许我们从来
曾去过但它一直
在那里总会在那
里迷失的人迷失
了相逢的人会再
相逢　村上春树

看山还是山，看水还是水。

正如村上春树所说：

每个人都有属于自己的一片森林，

也许我们从来不曾去过，

但它一直在那里，总会在那里。

迷失的人迷失了，相逢的人会再相逢。

自洽，只生欢喜不生愁

冯唐说，当他早上醒来心情一般时，

希望有机器人给他写首情诗，越虐心越好。

他期待机器人能够理解人类的感情并胜过李白。

哈哈，没有写过或收到过情诗的人生都是不完美的。

好吧，容我在有机器人给我写情诗之前，

先自己作诗一小节，献给我自己：

只要花儿还开

我就不会悲哀

只生欢喜，不生愁

春风和暖阳

恰恰好一仰面

便见

人间万事塞翁马，只生欢喜不生愁。

塞翁失马，焉知非福。
无论是喜悦还是悲伤，保持乐观，
学会接受与面对，相信未来会更好。
心无焦虑，便是最好的时节。

我与旧事归于尽，来年依旧迎花开。

遇见，获得，失去，成长，释怀，完结。
风过处了无痕，满身尘埃洗净，
可以心无闲事，可以随性而为，
只为开启新的另一段花样旅程。

在心里种花，人生才不会荒芜。

优等的心，不必华丽，但必须肥沃。

撒下一颗仁慈的种子，开出一片博爱之花；

种下一粒理想的种子，结出一段精彩人生。

活得有趣 取悦自己
才是人生最高境界

笑耳麦龄

生活中什么样的人活得最精彩？

答：有趣的人。

有趣其实是一种生活态度。

活得有趣，取悦自己，

才是人最和谐、最完美的状态，

也是人生最高的境界。

一个自洽且平静的人，总会额外获得更多的幸运。

自洽，就是自我融洽，自我和谐。

自洽，就是审视自己，评价自己，接纳自己。

自信坦然地面对生活，无论境遇如何，

努力让自己处于内在舒适的状态中。

好的生活不是拼命透支，而是款款而行，

凡事有节、有度，懂得适可而止，
是做人做事的最好的境界。
朝着内心的方向，且走得长远。

一天很短，一笑而过。
开心就笑，不开心，就过会儿再笑。

即使人生不如意事十之八九，
也要为那一二而开心地活着。
轻松做自己，他人才欢喜。

活在眼下的世界里，活好当下的自己。

今天活得比昨天快乐，明天又要比今天快乐，

就此而已，这就是人生的意义，活下去的真谛。

今天活得比昨天快樂明天又要比今天快樂
就此而已這就是人生的意義活下去的真諦
語出蔡瀾　癸卯冬　麥鈴

一切过往的错失，坦然地接受，

一切曾经的拥有，从容地放下。

请不要为了那业已消逝的时光而惆怅，

如果这就是成长，那么就让我们安之若素。

海压竹枝低复举，风吹山角晦还明。

要像竹枝一样，能屈能伸，
保持强大的抗压和自我调节的能力，
要像山角一般，不忘自己立身之本。

在自己喜欢的时间里，

按照自己喜欢的方式，

去做自己喜欢做的事。

这是一种对生活的热爱与尊重，

是与世界和谐相处的表达。

其实一直陪着你的
是那个了不起的自己
癸卯 麦铃

其实能一直陪着你的，
是那个了不起的自己。

人最美的样子，不是成为别人，
而是成为自己的时候。
是孤独，让我们有别于他人，
让我们成为更好的自己。

至少要在不能選擇的環境裡
選擇一個好心情
癸卯麥節

伸出手，接住生活的所有赐予，无论好坏。
与其让它羁绊脚步，不如接住它轻轻抛起，
轻松一吹一撒。
至少要在不能选择的环境里，
选择一个好心情。

总有一两风，填我十万八千梦

我是一个没有梦想的人。

如果一定要让我说一个梦想，

那我的梦想就是做一个没有梦想的人。

然而我却爱看选秀节目中评委问选手梦想的环节。

我特别爱听学员们回答他们的各种梦想。

有时评委忘记问学员梦想是什么了，

我就会很失望，深感索然，

觉得这期节目因此而不太完整了。

我想，也许，其实我也是有梦想的，

只是，我的梦想和白云一样轻……

过往的执念过往如云烟太多的风景
没人会看清放不下怎圆满
如果生命只是大梦一场
你会怎么办

一首《大梦》戳中了无数人心底的柔软处。

关于生命，关于人生，

其实是一首人人都可以自己来填词的歌。

其实人生就是一场自问自答、自知自洽

和自我圆满的过程。

人间总有一两风，填我十万八千梦。

人间总有那么几处善良和美好的事情，
如清风拂面，该来的总会来，
属于你的美好和梦想终将在某一刻如约而至，
来满足你对世界的所有遐想，成全你的理想。

渐行渐远渐无书，且听且看且从容。

把那些难受的和该忘的事情都丢在风里，
让其随风而逝吧，且停且忘且随风。

人生的意義在於
承擔人
生無意
義的勇
氣如果你一直
在找人
生的意
義你永
遠不會
生活
加繆語
癸卯
麥鈴

人生的意义在于承担人生无意义的勇气。

如果你一直在找人生的意义，你永远不会生活。

背着重重的相机去户外采风，到底有什么意义呢？

看看相机里的照片原本就是一件挺快乐的事。

生命的意义也许永远没有答案，

但也要尽情感受这种没有答案的美好。

妹妹说，她想做一只快乐的小小鸟儿，想飞到哪里就飞到哪里。

哥哥说，人也可以快乐地想飞到哪里就飞到哪里，不是有飞机吗？

妹妹和哥哥找我做裁判。我说，我选择做树。

我们冲得太快，没有办法一下子刹车，

但可以慢慢地、一滴一点地去做，

让物质的东西少一点，让心灵的空间大一点。

追风赶月莫停留，平芜尽处是春山。

既然选择了远方，那就用梦想来拨开月光，
日月兼程，去闯出一片繁花似锦的未来。

风有风的自由
云有云的温柔
你可有我的梦吗

戊戌 秋月 菱铃

如果一个人说自己没有梦想，
我觉得他是一个真诚的人。
但我不认为他是一个没有梦想的人。

风有风的自由，云有云的温柔，
谁的心中没有自己的诗和远方呢？

假若人生犹如一条长街，

我就不愿意错过这条街上每一处细小的风景。

假若人生不过是长街上的一个短梦，

我也愿意把这短梦做得生意盎然。

如果
文藝
是這
個樣子
我願意一輩子
文藝下去
從青年到中年
到老年在遍地
都是六便士的世界
里抬頭看見月亮
己亥麥鈴筆

真正的文青是什么样子的呢？其实我也说不清。

但我愿意一辈子文艺下去，从青年到中年到老年，

在遍地都是六便士的世界里，抬头看见月亮。

喜欢的东西不一定非要拥有。

有一个恰到好处的距离，喜欢，就会更欢喜的。

让心没有疏离与凉薄，把那些过往凝成一脉心香。

有些随风，有些入梦，有些长留心中。

选一张 "画语" 来告别以往，迎接明天的自己

终于翻到本书的最后的篇目，

辛苦您了。我们来做个期末总结。

想起曾经单位里会计小张，

某年小张的年终总结就一句话：

"总结年年写，内容都一样，

今年不写也无妨，且看上年。"

哈哈，我们的期末总结也轻松一点，

我们就给自己选一张 "画语"，

来告别以往，迎接明天的自己。

我們來到
這個世
界上，
就應
該跟
最好的人
最美的
事物
最芬
芳的靈
魂傾心相見
唯有如此
才不負
生命一場

語出尼采　壬寅麥齡

尼采说，我们来到这个世界上，
就应该跟最好的人、最美的事物、
最芬芳的灵魂倾心相见，
唯有如此，才不负生命一场。

一个人
到世界上来
来做什么
爱最可爱的
最好听的
最好看的
最好吃的
木心语
己亥
麦钤

木心说，一个人到世界上来，

来做什么？

爱最可爱的、最好听的、最好看的、最好吃的。

生命本来就是一段旅程，

每一个人都在途中，

在没有到站的风景里，

不断遇见自己，

永远不会太迟。

杨绛说，走好选择的路，

别选择好走的路，

你才能拥有真正的自己。

走好选择的路并非容易，

但能给予人无与伦比的收获和成长。

妈：说人最好不要错过两样东西
最后一班回家的车和一个深爱你的人
语出獨木舟 壬寅麥飾

妈妈说，人最好不要错过两样东西：
最后一班回家的车和一个深爱你的人。
这句妈妈的话流传很久、很广。
珍惜每一个机会、每一个瞬间，
珍惜那些深爱我们的人，珍惜他们的存在。

全世界就一个独一无二的你，
你要好好爱自己。

做一个不需要人见人爱，
但自己得喜欢自己的人。
做最真实的自己，最自信的自己。

人生就是一场漫长的自娱自乐,
愿每天都能讨到自己的欢喜。

对生活充满热情,充满好奇,
大方得体,腹有诗书气自华,
在不打扰别人的前提下,
我自风情万种。

有人说，成年人的高级自律，
是努力克制自己的反驳欲，
学会赞美与闭嘴。

横看成岭侧成峰，远近高低各不同。
良言一句三冬暖。吉人之辞寡。
所以，要么赞美，要么闭嘴。

不相信命运，也不相信

冥冥之中任何未知的力量。

只相信我们自己的手，

因为它只属于我们自己的心，

我们可以支配它，

去干我们想干的任何一件事情。

只记花香不记年

生活所需的一切
不贵豪华贵简洁
不贵富丽贵高雅
不贵昂贵贵合适
林语堂语

林语堂说，生活所需的一切，

不贵豪华，贵简洁；

不贵富丽，贵高雅；

不贵昂贵，贵合适。

"简洁、高雅、合适"这六字，

足以道尽我们一生的生活准则。

冯唐说，人生三个基本目标：
不作恶，开心，自己养活自己。
如果能达到，就是很好的一生了。

这三个基本目标简洁而有力，
是我们的生活底线：
有品德、快乐和独立自主地生活。

若还保持着较为清醒的头脑，
就决然不能把人生之船
长期停泊在某个温暖的港湾。

生活不只是眼前的"六便士"，
还有月亮在夜空熠熠生辉，
等待我们去追随。

所谓的成熟，就是：

允许自己做自己，

也允许别人做别人。

唯有这样，你才能活得洒脱。